未知

池井昌樹

思潮社

未知

池井昌樹

思潮社

目次

装画＝高貝弘也　題字＝池井昌樹

未知

池井昌樹

春

ひっこしてきてさんねんめ
はやさんどめのはるがきて
いまのくらしになれたのに
ついのすまいになれたのに
ほこりかむっただんぼおる
ほこりかむっただんぼおる
つまがぱあとにでたあとの
ひとりぼっちのひるさがり

とまとやみかんりんごやら
あとはんぶんの
こびんのさけに
ぼんやりながめいるのです
どこかしらないどこかまで
これだけあればおんのじと
うつらゆめみているのです
ほこりかむっただんぼおる
ほこりかむっただんぼおる
あかるいはるのひをあびて
どこへはこばれゆくのやら
とまとやみかんりんごやら
まだすこしある
こびんもつれて

花

このよにはなのあることの
なんというふしぎさだろう
ああきれいだな
ふりむくこころ
はなをきれいとおもうこころの
なんというううれしさだろう
はなときれいと
こころとひとと

このよにともにあることの
なんとふしぎなよろこびだろう
それだけなのに
それでいいのに
こんなけわしくいやしくにがく
けさもひとごみかきわけながら
ああきれいだな
ふりむくこころ

いつも

故郷《ふるさと》へ廻る六部は気の弱り、とやらで、還暦、定年を経たいま、俄《にわか》に里心がついてしまい、契約社員として続けていた仕事も止め、何もかも抛り捨て、アパート角部屋の留守居を妻に託し、とるものとりあえず、何十年振りかで帰郷した。迎えてくれるもう誰もいない実家は蛻《もぬけ》の殻で、しかし、思い掛けず隅々まで手入れがゆき届き、父母《ちちはは》が枯山水にしたはずの奥庭の池は満々と清水を湛え、美事な鯉が泳いでいる。濡れ縁の陽溜りで独り、我を忘れ見惚れていると、恙無《つつがな》しや。友垣《ともがき》もあとからあとから現れて、懐かしいやら嬉しいやらで、一献一献また一献と杯を重ねるにつれ、やがて母校での教鞭も叶えられ、やがて孫にも曾孫《ひまご》にも恵まれ、ついには白寿を迎えることとなったそのお祝いに家族写真を、という玄孫《やしゃご》の声に、夢から醒めた浦島のよう、漸く我に返るのだ。そういえば、東京に残してきた妻はどうなったろう。ナンタルコトカナンタルコトカ。母校での教鞭も止め、孫も曾孫も玄孫も何もかも抛り捨て、とるものとりあえず、何十年振りかで帰京した。バスから降り立った町には昔のまんまの夕陽が差して、昔のまんまの小径《こみち》の先には昔のまんまのアパートが。その角部屋の小窓には昔のまんまの灯が点《とも》り、いまははや、誰住まうとも知れぬ部屋の呼び鈴《りん》を、矢も楯もたまらずに押せば木扉《ドア》が開《あ》き、おかえんなさい、おそかったのね。妻が迎えてくれるのだ。何時ものように。

水場

あんまりくさくさするもんだから
ちょっとでかけてくるよといって
ひもあたらないまひるのうちから
ひのさすどこかしらないほうへ
ぬきあしさしあししのびあし
おっかなびっくりあたりみまわし
そしてざんぶとおどりこむ
だいじょうぶ

とらのめだってししのめだって
ここまではもうとどかない
おもうぞんぶんはなゆらし
みずをあびまたすなをあび
おもうぞんぶんみちたりて
さて　どっこいしょ
いまきたみちをもどるのだ
おおきなかげをながくひき
けれどどこにもないほうへ

海光

妻が窓辺で何かしている。何してる、と問うと、鉢植えの手入れだよ、笑って振り向くのだけれど、何だか茫洋としてしまう。ほのぼの流れ込む初夏の匂い。束のま明るい光の中で、妻のエプロンが捩れている。その背を私は眺めている。風がきて。粗末なカーテンが帆布のように翻る。…順風…暗礁…また満帆…子どもらの遐《とお》い歓声…。そろそろ夕餉時分なのに、妻はまだ海を見ている。その背で揺らめく海の光を、何時までも黙って見ている。

平和

わたしがいない
そらにはくもがうかんでいて
わたしがいない
まちにはひとがあふれていて
わたしがいない
そらはのどかで

わたしがいない
まちはへいわで

わたしがいない
けれどだれかがそらをみあげて

わたしがいない
けれどだれかがまちにくらして

わたしがいない
そらにはくもが

わたしがいない
まちにはひとが

はるかむかしのほしあかり
けれどみあげているいまも

綿帽子

いつかまた
わらえるかなあ
ゆめやあこがれ
おおごえで
はなせるかなあ
だめかなあ
かんがえこんでしまうほど
こんなにくたびれはてたから

どこかにゆきたくなってしまって
だれかにあいたくなってしまって
どこでもだれでもかまわないから
はなひらきたくなってしまって
のばないちりん
こんなところで

観覧車

いつまでも
ここにこうして
そうもゆくまい
たちさらないと
いつものまちは
いつものように
いりひあかあかてりはえて
ひとらのかおはほおえんで

それをよこめでながめている
はじめてのようみとれている
ならくごくらくまたならく
もうおりてくるごんどらの
みたこともないごんどらの
くろぐろくちをひらくまで

頓と

いつもみかけたあのおとこ
ちかごろとんとみかけない
いつものこしたさけのかお
いつもいごこちわるそうで
かたすぼませてうつむいて
ばすまっていたあのおとこ
どこへかよっていたのやら
なにをおもっていたのやら

しったことではないけれど
ちかごろとんとみかけない
いつもみかけたあのおとこ
こんなところでひとりきり
ひとりごちたりわらったり
だれにもであわなくていい
なんにもおもわなくていい
どこにもいないあのおとこ

黄昏行進曲

勤めを失ってからも私は金にならぬ旧作の再清書などして家内をヤキモキさせながら平然と過ごしていた。捨てる神あれば拾う神あり。しかし、拾ってくれる神はなかった。恃みの綱の友人たちからも次第に音沙汰がなくなり傷悴し始める家内と二人、孤島に取り残されたような日々。アッという間に脚力が失われ、風呂場で転倒するようになった。歩かねば。

食材の買出しなど私が一手に引き受けた。秋山小兵衛のようにどんな場所へも乗物を使わず出向いた。するうち、生来の健康が災いしたか幸いしたか、歩くことが苦にならなくなってきた。陽が上れば体がウズウズしてきた。陽を浴び汗を掻き歩くことがこんなに楽しいとは思ってもみなかった。目的があれば猶のこと。私は押入れを引っ掻き回し、死蔵の体でいた書物を引っ張り出し、買物籠に詰め、あちこちの古書店へ持ち運んだ。微かな後ろめたさも覚えつつ。某月某日、家内がパートに出掛けた後、例によって私は買物籠を提げ、その中身を微々たる金に替え、店を出ようとした背後から主人の声が。あんた、詩人なんだって。な、なにをおっしゃいますことやら。

ごぼごぼむにゃむにゃ口籠りながら這々の体で逃れ出た。が、満更でもなかった。怪しいやつだとは思われていなかったらしい。それにしても、あそこへはもうゆき辛くなったな。独《ひと》り言《ご》ちながらスーパーに寄り、その金で夕餉の食材を買い、通り過ぎようとした幼稚園が運動会で賑わっている。若いお父さんお母さんで溢れている。背を丸め足早に退ち去ろうとすると、聞き覚えのある行進曲《マーチ》が高らかに鳴り渡り、白いペンキの塀を隔てた前方から、幼いものらが大勢で元気一杯手を振りながら声を張り上げやってくる。ぼくらはみんないきている。ぼくらはみんないきている。擦れ違いざま、突然涙が噴き零れた。思い掛けないその涙にうろたえながら、たじろぎながら、ぼくらはみんないきている。ぼくらはみんないきている。私もまた懸命にその行進曲を口遊みながら、爽やかな秋天の下、葱が一本飛び出した買物籠を提げ、待つものもないアパートまでの道を元気一杯蹌踉《よろぼ》い歩いた。

未知

ガリレオは街に出た
へんてつもない中世の街
いまはないいつもの街
天動説の空が展け
いつものようにガリレオは
眉間に深い皺を寄せ
だからといって不機嫌でもなく
漆黒帽子に漆黒外套

おやガリレオさんごきげんよう
あいもかわらず錬金術かね
まいどおなじみひやかしにだって
なにくわぬかおガリレオは
タバコと燧《ひうち》を切らしましてな
いまもむかしもかわらない
空には雲が
頬には風が
あしたのことなどだれもしらない
あさって獄死することだって
ガリレオはまた空を見上げる
ああいい
いいなあ
それでも地球はまわっているか
へんてつもないあとかたもない

いまもむかしもだれもしらない
未知なる未知なる未知なる未知へ
ガリレオは
眉間に深い皺を寄せ
空ゆく雲の下をゆく

白雨

父重篤の知らせを受け帰郷した。何年振りだろう。郷里へ向かう車中、私の心は弾んでいた。久々に会える。その思いだった。が、父は重篤なのだった。病室の扉を開けると、大声で父が歌っていた。薬効による一刻の元気だった。「死しても帰らじ……」。父は戦地へ赴こうとしているのだった。「まさきがきたで」。母の呼びかけに、父は一瞬夢から醒めた顔になり、私の眼を視、眼を瞑り、また大声で歌い出した。「死しても帰らじ……」。その父の手を両手で強く握りしめ、私は病室を後にした。明日からの勤めは休めなかった。病院を出ると、たちまち雨がおちてきた。一斉に雨蛙が鳴き出し、八手の葉が濡れ、土の香が立った。幼いあの頃のままだった。雨蛙の声に包まれ心弾ませ、私は父を待ち侘びていた。とうちゃんもうすぐかえってくる。とうちゃんもうすぐかえってくる。──降り煙る白雨の中、上りの夜汽車の待つ駅までの道を、私もまた父のように一心に奔っていった。

暁の炉辺

私の朝は早い。夜が白み始め、雀らが囀り交すのを蒲団の中で聞いている。空腹で、寝ていられないからだ。勤めがなくなってからずっとそのような朝を迎えている。妻は勿論まだ眠っている。私はそっと床を抜け出し、そっと襖を開け、次の間の電灯をそっと点《とも》し、トイレのドアをそっと開け、煙草に火を点《つ》ける。この一刻が堪らない。沁み沁みと、深々と一服すれば、煙草の先の明るみの中から祖父の笑顔が浮かんでくる。生まれた家の濡れ縁や、濡れ縁の軒端に甘く涼やかな音を立てていた風鈴が浮かんでくる。沁み沁みと、深々と二服すれば、煙草の先の明るみの中から函形ラジオが浮かんでくる。団欒をともに過ごした、その中心に何時も居たあの木製のブラウン管ラジオ。マッチ売りの少女みたいだなと思いながら、更に沁み沁みと、深々と三服すれば、木製ラジオもなかった頃の囲炉裏のほのほが浮かんでくる。私に囲炉裏の記憶はないが、ほのほの色は確かに私の瞳《め》に焼き付いている。いまはない、なくてはならないあのほのほ。暁《あかとき》の炉辺《ろばた》で私は毎日巨きな力をもらう。やがて雀らの囀りに混じってあちこちからさまざまな人声がし始め、陽差しはすっかり今朝のものだ。私はゆっくり朝刊を広げる。夢から醒めたばかりのような真新しい一日が今朝も紙面に躍っている。華やかに、誇らかに、跡形もなく消えてなくなる一日が。

野茨

狭いアパートの部屋を畳み、調度類も何もかも近隣へ譲ってしまい、残るは詩稿のみ。けれど何時までも取捨片付かない襤褸同然のその山裾で二人は話し込んでいた。音楽狂いの悪友フランツが引越しの手伝いに来てくれたのだ。酒も食物も何もない蛻《もぬけ》の殻の夜、私たちは夢中で詩と音楽の話をした。カーテンまで外した窓越しの月明だけが頼りだった。その後私は郷里に戻り悶々として数年過ごした。その間フランツは曲作りに励んだが流行病《はやりやまい》で呆気なく死んだ。それきりだった。度の強い丸眼鏡掛け縮れ毛でのぼせ症《や》で、けれど誰からも愛されたフランツ。勿論ペニシリンなどなかった遠い昔の話だ。やがてフランツの遺した楽曲は驚くほど多くの共感を呼ぶこととなった。野茨《のばら》だったか、得意気に彼の歌った出来たての一節を私は今も思い出す。月明の中、未だ片付かぬ詩稿の山に手を焼きながら。

月夜の丘

つきよのおかをばすでのぼった
つきよのおかからみおろせば
つきよのまちがひろがって
おおぜいひとがはたらいて
みんなりんごのほおしていた
つきよのおかにはかぜもあり
まどあけひとりふかれていた
つきよのゆめのことだから

あそこへはもうゆけないけれど
つきよのおかのひろいそらには
おおきなつきがうかんでい
おおきなつきはまちてらし
まちではたらくおおぜいてらし
ここまではもうさしこまなかった

泉下

ふるいいえにはえんがわがあり
えんのしたにはあかりがともり
あかりのなかにはかげがあり
かげのどこかにぼくもいて
なんのよりあいなのかしら
なんのおまつりなのかしら
よみがえらないひとたちがおり
よみがえらないひとときがあり

ふるいいえにはいつからか
かげをなくしたぼくひとり
とほうにくれていつまでも
こうしていきてゆくほかは

王冠

明けがたちかく、王冠の夢を見ました。瑪瑙や翡翠や金剛石やが星宿のように各々の場所で静かに密かに炎《も》えているそれは美しい王冠。その王冠を、まだ幼顔の伜がとても欲しがり、おお、遣るよ。小さな頭へ冠した時のそれは嬉しそうなあの笑顔。目醒めたばかりの床の中で何時までも忘れられずにおりました。王冠の美しさに就いて、惜し気もなしにそれを与えた心根に就いて、あの笑顔の輝きに就いて、訳を問うても詮ないことです。跡形もない夢ですから。けれど明けがたちかく、星宿が瑪瑙や翡翠や金剛石のように各々の場所で静かに密かに炎える空を見上げると、夢とは思えないのです。あそこには、銀河の生まれる前からあった銀河が冴え冴え流れていたことも。おお、遣るよ。惜し気もなしにそう応えてくれた人の、限りなく懐かしいあの声も。

おやすみ

こんやはなにかいいことが
なにかほんとにいいことが
だからいそいそうきうきと
けれどだれにもはなせない
それはだれにもあかせない

こんやはなにかいいことが
なにかほんとにいいことが

らんどせるしょいかばんさげ
せんたくものにかいものに
みんないそいそうきうきと

なにごともなくときはすぎ
なにごともなくひはくれて
らんどせるおきかばんおき
せんたくものをとりこんで
みんないそいそうきうきと

こんやはなにかいいことが
なにかほんとにいいことが
いってきますもおかえりも
ごちそうさまもおやすみも
みんなすっかりおえるころ

こんやはなにかいいことが
なにかほんとにいいことが
けれどもそれはあかせない
あんなとおくにしらぬまに
あんなまたたくほしぼしが

密事

Kさんを訪ねた。地方都市で代々からの茶舗を営むKさんは畏敬する先達だが、何の先達か、私もKさんも一言も明かさない。人間《ひと》には誰も、誰にも明かせない密事《ひそかごと》がある。こっそりと飼っているんだ。請じられるままその崖下を臨む岩場に赴いた。凄いだろう。侏羅紀から生きてるんだぜ。私には何も見えなかったが、誰にも言うなよ。Kさんの声に、振り向くとまた何時もの伝、何処にも居ない。辺りにはただ潮騒の立ち籠めるのみ。もう一度、恐る恐る覗いた崖下には、群生する何の花だろうあざやかに、一斉に立ち騒ぐのみ。

永劫に

（あれですな）
あれですよ
あのまっくろな
しにたえたほし
あそこから
採取するんです
まっくろなほね
ほろぼした
その頭骨を

原因は
じきに解明されるでしょう
（業《カルマ》ですかな）
カルマです
負の連鎖です
極めて稀な事例です
もとは青々水を湛えて
それはきれいなものでした
それが災いしたのでしょうね
ずっと見ていたかったのですが
（まちがいでしたな）
まちがいでした
まもなく消えてなくなるでしょう
永劫に
暗《やみ》の彼方に

焰

きのうやきょうのことじゃない
じゅうねんそこらのことじゃない
ヒトとうまれてからずっと
どんなにさびしかったかを
どんなにくるしかったかを
あなたにぜんぶうちあける
おぐらいもりをでたときも
いきをひそめたいわあなも

わすれたことなどなにひとつ
どんなにさびしかったかを
どんなにくるしかったかを
いまこそぜんぶうちあける
をのこわれ
めのこなれ
ほむらたつ
いのちはさんで

足跡

それはもう
いっしんふらんにかけました
あとをみもせずかけました
わたしもつまもこどもらも
わたしらを
あんなにおびやかしたものも
ここをせんどとかけました
そのあしあとがてんてんと

いまもつづいているのです
たどりつきたい
たどりつけない
あしあとが
わたしのなかに

草原

やがてゆっくりつきがのぼった
いつものようにいただきますと
ごはんをたべていたときだった
ゆげたつにくにないふをいれて
これからというそのときだった
めがさめた
かげろうもえるふるさとの
さばんなだった

ぼくはさんざんくいちらされて
それでもすこしあたまもたげて
あおいきといきそらをみあげた
やがてゆっくりつきがのぼった
こころおきなくなきがらは
つちにかえった

久方

あるあさぼくは
ひさかたぶりに
それはほんとに
ひさかたぶりに
よんでしまった
そのひとのなを
そのひととなら
ひとごみのなか

すれちがったきり
それきりだったが
あるあさぼくは
ひさかたぶりに
それはほんとに
ひさかたぶりに
よばれてしまった
ぼくのなまえを
それはほんとに
おもいがけない
おもいだせない
なまえだったが

弩

一本の線路が敷かれると
自然が半分失くなるという
一本の道路が敷かれると
一万の野生が消え去るという
二度とは戻ってこないという
一本の線路
一本の道路が
私たちヒトの中から

半分の自然を損なう
一万の野生を滅ぼす
二度とはあらわれないという
果てなく続く人工を
果てなく走る人工の
この最新車は快適だ
完全密閉された窓
原子力駆動の空調
地球に優しい環境の
私たちはいま快適だ
この上もなく快適だが
果てなく伸びゆく人工の果て
果てなくふくらむ栄華の果て
原始のほうから
いしゆみをもち

だんだんこちらへちかづいてきた
そのヒトが
たちどまり
ペッと唾《つばき》し
何処へと知れず消えてゆくのだ
私たちヒトの胸から

昼の月

旧い本家の玄関を開け、框《かまち》に沓を脱ぎ揃え、閉て切りの戸障子ばかり余所ゆき顔して続く廊下をゆけば更に旧い本家へと通じ、磨き込まれて黒光りする廊下の先には荒廃した中庭が海のように展けていました。伸び放題に生い茂る羊歯や鱗木類の涯には更に更に旧い本家があり、そのかたはそこに臥されているのでした。何百年いや何千年いやそれ以上臥していられるのでした。ちかよるまいぞ。私たちはたよりない子どもだから、鬼薊を抜いてはその根を嚙みその苦い汁を擦《なす》りつけあい笑うばかり。あッ。あのかたがおきてきたッ。それはこの上ない禍々しさのはじまりでしたが、窓一つない黒板壁の大屋根の上には白い昼の月があるばかり。それきりでした。何百年いや何千年いやそれ以上昔の話です。幾度となく生き死にを繰り返してきた私でさえ、あの日の昼の白い月だけは忘れることができないのです。あの日、あれから何があったか。何もかも、すっかり忘れてしまいましたが。

星宿

どこかしらないところへゆく橋をみかけた
どこかしらないところへゆく橋は旧い木橋で
擬宝珠《ぎぼし》の箔は黝《あおぐろ》く剝げ
ひびわれた橋板からは千尋の奈落がみえた
奈落を奔る水銀《みずかね》のような一筋の清冽がみえた
どこかしらないところへまだゆきたくはなかったから
どこかしらないところへゆく橋をゆきすぎ帰ってきたが
こちらからあちらへ

まるであっけらかんとかけわたされていたその橋は
どこかしらないところもある世を深く記憶させた
あの日からもう二度と橋をみかけることはない
あの日から
どこかしらないところで
星宿は夢のようにぼくの頭上を巡りつづけた

類人

今朝は戸外に原初があって
その葉洩れ陽がうつくしい
葉洩れ陽を浴び物干しする
原初のおんなもうつくしい
閊《つか》えが一つとれたのだろうか
始祖鳥の囀る声もうつくしい
その虹のような
稲妻のような
石鏃《やじり》はいまもこの胸に

蜜

ぼくはこどもで
やはりこどもの
おおぜいのなかよしがいた
（ようなきがする）
やどはふるくて
くりやはみつのにおいがして
いけすになにかかわれていた
（ようなきがする）

わたりろうかをわたり
ぬれえんをつたわり
ぼくらはすあしで
ひごとつめたいみつをなめ
よごとつめたいみつをなめ
あるひぼくらはやどをでた
（ようなきがする）
ぼくらのうすいにまいのはねには
ふるいふるいそれはふるい
もんようがほこりかにきざまれていた
（ようなきがする）
むしのしらせのままに
おおぜいのなかよしと
ぼくはまいさり
もうかえらない

さんさんとひかりはあふれ
ふるいふるいそれはふるい
くりやにみつのにおいがし

線香花火

まあつになあれ
すうぎになあれ
せんこうはなびがひそひそと
よるのどこかではじけます
かわいいゆびをてらします
まあつになあれ
すうぎになあれ
せんこうはなびはひそひそと

ちいさなあおいたまになり
おちそうでいておちなくて
まあつになあれ
すうぎになあれ
すこしふるえてひそひそと
ちいさなあおいほしのなか
みんなくらしているのです
まあつになあれ
すうぎになあれ
せんこうはなびがひそひそと
よぞらのおくではじけます

おつきさま

ええ
そうなんです
ともるんです
まどにあかりが
ぽうっとね
もうだれも
おすまいのはずないんだけれど
なつのあさにはせみしぐれ

あきのよるにはむしのこえ
ふるようにまたわくように
それはおおきなおやしきが
そのぬれえんに
いまもうっとりかたならべ
それはきれいなおつきさま
あんたも　みてみ……
ええ
そうなんです
ともるんです
やはりあかりが
ぽうっとね
もうだれも
いるはずのないおやしきばかり
くろぐろとひろがっていて

もうだれも
いるはずのないまちばかり
くろぐろとひろがっていて
もうだれも
いるはずのないこのほしに
くさはらばかりくろぐろと
くろぐろとひろがっていて
それはきれいなおつきさま
あんたも　みてみ……

角

死のことを考えながら
まがった角
むきだした赭い壁
死のことを考えながら
まがった角を
あれから二度とまがらない
なくなってしまったからだ
死のことを考えながら

もう何回
何十回
何百回何千回
あの角をまがったことか
角をまがれば何かあったが
まがる前にも何かあったが
涯《はて》しもないその前後を何も
何一つ憶えていない
死のことを考えながら
まがった角
むきだした赭い壁
もう引き返せない
いのちのほかには

雲

頭からふとんひっかむり
おれは絵筆をとっていた
指がふるえてかなわんよ
いつものことだ
しかたがないな
おいさらばえてしまったからな
もう十年
いやあと五年

いのちがおれにあったらな
もっといい絵が描《か》けるんだがな
江戸風鈴がかすかに鳴って
縁先に朝顔が清《すが》しく揺れて
娘が洗濯物を干してる
いつものことだ
あいつちかごろ絵筆をとって
まねごとはじめたようだけど
まだまだ未熟
生意気なやつ
けれどなんだかうれしいね
頭からふとんひっかむり
おれは軒端の空をみあげる
いつものことだ
あの雲だ

ちぎれてはまたむすばれる
あの雲の陰《いん》
あの雲の陽《よう》
あれを手に入れられたらな
棒手振《ぼてふり》の魚屋が通る
定斎《じょうさい》売りの声がする
打ち水に土の香が立つ
黒船はまだあらわれない
いつもの夏の
いつもの朝だ
おれはしずかに眼《まなこ》を鎖《とざ》す

とある朝

とある朝、僕は死んでゐた。——中也

とある朝　僕は死んでいた
死ぬすこしまえそう書いて
それから僕はこうつづけた
——さっぱりとした　さっぱりとした
岩肌めぐるかぜがひんやり
まどのカーテンひるがえし
机のうえのペンもインキも
タバコもマッチも吸取紙も

その机さえきれいさっぱり
かたづけられたとある朝
僕はまどべに彳《たたず》んでいた
彳みながら独り言ちていた
——さっぱりとした　さっぱりとした
今朝はほんとに良いてんき
そらいっぱいにほしぼしが
おくのおくまでみえていて
そのまたおくのおくのほう
くっきりと
碧《あお》い地球が

闇

やみのなかからうかびあがった
あれはなんだったのかしら
ぬいとりされたぐろおぶの
ちいさなわっぺん
ちいさなちゃっく
あれはなんだったのかしら
いつかはじめてわたされた
さいふといってしまえばすむが

さいふといってしまえない
あれはなによりたいせつな
なによりなによりたいせつな
あれはなんだったのかしら
ちいさなむねをときめかせ
ちゃっくをあけた
ちゃっくをしめた
ちいさなゆびも
ちいさなぼくも
あとかたもなく
やみのなかへと

薄羽蜉蝣

わたしたち
妖精ぐらししています
とはいえ雲に乗るわけじゃなし
霞をたべるわけじゃなし
まちのどこかでほそぼそと
ごはんをたべてふとんでねむり
ほそぼそくらしているのです
こらはとっくにとびたって

ささえるものはなにもない
わたしたち
ふたりでささえあいながら
ほそぼそくらしているうちに
だんだんからだがすきとおり
うすばかげろうみたいになって
ときどききえたりあらわれたり
それをゆびさしあったりしては
わたしたち
ふたりわらっているのです
このままどんどんすきとおり
きえてしまっていいのだけれど
こまったことに
こころはだんだんわかがえり
あかちゃんみたいにわかがえり

それがすっかりすけてみえ
ひとまえにもうでられない
こっそりものほししていたら
あなたどこのこ
おむかいのこに
そういわれたのよといって
つまがさめざめ泣いている
うすばかげろうみたいに澄んで
さめざめ泣いているのです
なぐさめようとするのだけれど
どんなことばもみつからなくて
ふたりして
やっぱりわらって
わたしたち
妖精ぐらししています

銀河のように

たまには相撲でもみるか
テレビをつけると
栃がいない
若がいない
大内山も房錦も
ヒゲの式守伊之助も
だれもいない
土俵上では熱戦が

くりひろげられているけれど
みんなしらないかおばかり
つまらないから
テレビをけして
うちみずをして
ぬれえんで
ひとりぼんやり
するものもない
もうだれもいない
けれどもこえが
ただいま
というこえがして
おかえり
というこえがして
もうどこにもない

まどにあかりが
またひとつ
またもうひとつ
あんなとおくに
ぎんがのように

二人

おさらばだねえ
みじかいあいだだったけど
さんざんせわをやかせたねえ
さんざんどころじゃありませんわよ
たびのめぐりのそれからさきは
だれにもわかりはしないけど
こんりんざいもうであえない
すれちがってももうきづかない

ささのはさらさらわたしたち
たなばたかざりにみおくられ
あおくちいさくとおざかる
ほしのふるさとからわかれ
ほのしろく
ながれやまないあのかわの
あちらのほとり
こちらのほとり
ふたりきり

お祭り

あれはほんとにおまつりだった
あんなばくだんおとされて
やけのがはらにされてしまって
なにもかももうなくなったあと
あれはほんとにおまつりだった
けんけんぱ
ほそうもされてないみちは
ぬかるみわだちのあとがつき

はてなくどこかへつうじていて
ろうせきもってびいだまもって
ぼくらはなにかをゆめみていた
ぼくらのゆめみるみちのほとりに
すすけたあせちれんのひがともり
おぐらいおぐらいひがともり
よみちはくらぐらほそぼそと
けれどもたしかにつうじていた
おおきなゆうひのうつくしい
あれはほんとにおまつりだった
ゆけるものまたうまれるもの
うまれるものまたゆけるもの
あれからずいぶんときがゆき
けんけんぱ
このみちに

あのこえもなく
わだちのあともぬかるみもなく
ぼくらのあるくこのみちは
しらじらとしたひかりにみちて
すっかりきれいにゆきづまり
おまつりも
おおきなゆうひも
おぐらくみちびくともしびもなく
はなびにみずをかけたよう
まっくろいやけのがはらが
くろぐろと
くろぐろとひろがっていて

夕暮時は

ゆうぐれどきは　かえりたくなる
だれかがぼくを　まつあそこへと
そこがどこだか　しりはしないが
だれがまつのか　しりはしないが
ゆうばえのした　どこかはなやぎ
ゆうばえのした　だれかさざめき
ゆうばえのした　みずをわたって
みずにうつった　そらをわたって

あのひのように　ゆめみるように
それがいつだか　そこはどこだか
だれがまつのか　ゆうぐれどきは

芳香

におうわよ
つまにいわれた
ぼくにはわからなかったけれど
そのひだまってからだあらった
としをとったらだれでもそうよ
べつのひつまにまたいわれた
どんなにおいかしらないけれど
そのひもだまって

そのときだった
ちちがゆぶねにはいってきた
しらがまじりのちちとかたよせ
おさないぼくはゆのなかに
めをつむりたくなるような
うっとりとするあのにおい
あのひのちちのにおいだった
ぼくはすっかりみちたりて
そのひはからだあらわずに
ゆからあがった
えもいわれないこのにおい
ちちはどこにもいなかった

無事

あめふりのあさ
つまとつれだち
どこかゆこうとしていたら
みちばたに
いろとりどりなあまがさひらき
おんなのこたちがすわっている
なにかあったの
こえをかけると

なかのひとりがふりかえり
にっこりわらって
きえてしまって
それきりみんなきえてしまって
となりをみたらつまもいなくて
ぼくはすっかりかなしくなって
うちにもどれば
なにごともなく
つまがことことときざんでいて
ぼくはすっかりうれしくなって
こんやなんだい
こえをかけたら
つまはにっこりふりかえり
なんだとおもう
またことことときざみはじめた

なかよし

しょうちゃんゆきちゃんなかよしだ
ほんとのなまえはしらないけれど
いつでもいっしょにてをつなぎ
どこでもいっしょにてをつなぎ
なみはいつでもよせかえし
ほしはいつでもまたたいて
しょうちゃんゆきちゃんなかよしだ
ほんとのなまえはしらないまんま

いつかつないだてをほどき
どこかそれぞれあるきだし
なみはいまでもよせかえし
ほしはいまでもまたたいて
しょうちゃんどうしているかしら
ゆきちゃんどうしているかしら
ほんとのなまえはしらないけれど
いつかつないだてのひらの
あのてのひらのぬくもりを
こんなとおくで
にぎりかえして

もういいかい

もういいかい
そういって
それからさきがおもいだせない
それまでなにをしていたのかも
もういいかい
なにかたいへんだいじなことを
だれかたいへんだいじなひとへ
たずねたようなきがするけれど

なにかたいへんだいじなことも
だれかたいへんだいじなひとも
ぼくがだれだったのかさえ
それさえもうわからない
しろいとばりのたれこめた
ここがどこかもわからない
しかたないから
もういいかい
もういちどだけいってみる
もういいよ
というこえがする
しろいとばりのあちらから
まあだだよ
というささやきもする

椿事

いつものえきのかいさつで
ばったりであったそのひとは
かたてをたかくさしあげて
なにかいったがきこえなかった
ぼくはあたまをふかくさげ
なにかいったがおもいだせない
でんしゃのなかでそのひとは
いまはもうないひとだったこと

めずらしいことでもなかったが
めずらしいことといったら
むかいのせきからてをあげて
ぼくをよぶあのこえのこと
おもわずぼくもてをあげて
なにかいおうとたちあがりかけ
それきりきえてしまったことだ
めずらしいことでもなかったが

辺

かわのほとりにゆきたくなって
かわのほとりへでかけてくると
かわはかわらずながれているが
かわはどこにもみあたらなかった
ひとらはかわらずさざめきゆくが
ひとっこひとりみあたらなかった
ぼくはすっかりさびしくなって
ひとりすごすごかえってきて

あかりをけしてねむりについた
とこしえに
ながれつづけるかわのほとりで

螢狩

こんやはほたるがりだから
あさからこころときめいて
ごはんもおふろもうわのそら
ほたるがりとはなんなのか
だれからおしえられたのか
だれもしらないほたるがり
こんやはほたるがりだから
まちわびていたよるだから

まなこしずかにとざしたら
まんてんのほたるのあかり
とおのいてゆくあおい地球《ほし》

階

てれびもらじおもなかったむかし
ほのほかこんでおりました
ほのほはやまからもらってきました
やまはときどきほのほふきあげ
ゆれにゆれたりすることも
ほのほかこんでかおみあわせて
みんなだまっておりました
みずはそらからもらってきました

そらはときどきくろくひびわれ
りゅうがまったりすることも
ほのほかこんでかおみあわせて
みんなだまっておりました
あたりがすっかりしずまると
そらにきざはしかかりました
みたこともないなつかしい
あのないろのきえたあたりに
だれもしらないところがあって
だれかがまっていることを
たしかにまっていることを
てれびもらじおもなかったむかし
ほのほかこんでほのほみつめて
みんなだまって
またたきながら

薄目

ああせっけんがめにしみる
めをとじる
そんなときにはきこえてくる
ぼくをなぐさめはげますこえが
めをあけないで
とじていなさい
ぼくはそれきりめをとじて
めをとじたままいきてきて

いまごろそっとめをあける
だれもいない
なんにもない
あのこえも
ぼくさえも
もうもうたるゆけむりのなか
じいさんひとり
うすめひらいて

この日のために

つちのそこ
きのうろのなか
このよのふかい
やみのどこかで
ぼくはうまれて
ぼくはそだって
たびをして
こいをして

なきながら
わらいながら
つちのそこ
きのうろのなか
このよのながい
やみのどこかで
としおいて
あるあさぼくはとびたった
このひのためにいきてきた
よろこびにかがやきながら
ぬけがらだけを
ひとつのこして

彼岸

ちきゅうのうらではははなやかに
おりんぴっくがつづいているが
このよのうらではしめやかに
なにがつづいているのだろう
ちきゅうのうらへはゆけるとしても
このよのうらへはまだゆけないから
ここにこうしているほかないが
このよのものともおもわれない

いろやにおいやさざめきや
まれにほのぼのまぎれこみ
いますぐそこへゆけそうで
みんながまっているようで
きがきじゃなくて
こうしてひとり
このよのうらでしめやかに

危惧

ほのぐらい
もりのどこかで
いきをひそませ
くらしてきたが
あいつもやられ
こいつもやられ
いてもたっても
いられなくなり
もりをでて

もりをかくして
もりをわすれて
いきてはきたが
おしまいだ
なにもかも
もうおしまいだ
ちかづいてきた
にがすなよ
というこえがした
ころすなよ
というこえがした
危惧種だからな
というこえが
ほのぐらい
もりのどこかで

種子

死はめをさまし
死はふたばして
死はえだになり
死はみきになり
死はおいしげり
死はちりしかれ
死はめぐりゆき
死はめぐりきて

めぐりのはての
つぶらなつぼみ
死はめをとじて
死はみちたりて
やすらかにいま
はなひらくとき

枕火

そのひのために
きよめるのです
あたまをかおを
くちをてあしを
ゆびいっぽん
またいっぽん
みずからのてで
こころゆくまで

そしてねむりにつくのです
いしのとこ
いしのまくら
あすなきねむり
そのまえに
もういちどめざめるのです
ひとりきり
あたりかえりみ
おのれかえりみ
ほくそえみ
おおあくび
こよいまた
とわのねむりへ

星の国

このほしを技術でまもれ
こわだかに
正義をかかげ
どのくにも
技術をみがき
武具をきたえ
防具をかため
いがみあい

こぜりあい
このうえは
おくのてだ
最終兵器だ
そのときだった
かなたから
おおきないしがなげられて
ほしのどこかにぶつかって
ほしはかすかにみじろぎし
あっけなく
あとかたもなく
くにはほろんだ
どのくにも
なにもかも
その記憶さえ

ほしはようやくめをさまし
おくのてをだし
かゆいところをぽりぽりとかき
このほしを技術でまもれか
へんなゆめみたもんだなあ
はもんのようにひくくわらうと
まゆにつばして
またねをとじた

限界

中也も賢治も白秋も
リルケもポーもランボーだって
その詩には
時代の限界
そのときどきをいきるものには
気づけなかった限界があり
いまここにいるだれかれも
そうなんだろうか

そうおもいながら
いつのまにやら
うららかなごご
ふたりかたよせすわっていた
しろくろテレビ
とりくみいちばんおわるたび
おもっしょい！（おもしろい！）
上機嫌の祖父
みあげては
おもっしょい！（おもしろい！）
おうむがえしにつぶやいて
おさない孫もみちたりていた
あれからときはすぎさって
はやてのようにすぎさって
とけいのはりはぐるぐると

まわりつづけて
そっととまった
うららかなごご
祖父は死んだし
孫も老いたが
おもっしょい！（おもしろい！）
あのひとことはこころのどこか
いまもかわらずかぐわしく
輝いて
限界は
どこにもなかった

恢復期

ひとりまどべにほおづえついて
ぼんやりそらをみあげている
おさないころからそうだった
おおきなやまいしょわされて
おおきくなって
おいさらばえて
ぼんやりそらをみあげていると
いきなりとびらがおしひらかれて

ひかりがさっとさしこんで
ひかりのなかからやさしいこえが
おめでとう
ほんぷくですよ
ぼくはおおきくうなずいて
おおきくおおきくのびをして
とびたつようにかえっていった
ひかりのなかへ
あとかたもなく

本当の目的　後記にかえて

「細工物の本当の目的は彼女には隠されている」とファーブルは云う。るりじがばちの営巣の謎について「工芸の中いちばん不思議なものを、虫に完成させるように司る無意識的な衝動だ。経験と模倣とが絶対に入り込めないところ」とも。

　ダレカニホメテモライタイ。それが唯一の動機かもしれない。るりじがばちのみならず、地上に生きる凡てのいのちの。どんな経験も模倣も絶対に入り込めない「ダレカニホメテモライタイ」。

　自らの原郷を忘れず溯上し産卵し力尽きた亡骸のように、亡骸を取り巻き輝き渡る淡紅の卵たちのように、詩も生も、その本当の目的は明かされぬまま秘されているのかもしれない。私たちの、遐い原郷に。

単行詩集として十八冊目となるこの一巻。装幀の高貝弘也さんには表紙にアンモナイトを刻して戴いた。先の先の詩集『明星』では三葉虫、先の詩集『冠雪富士』では兜蟹だったから、これで「古代水生動物三部作」となった。また、思潮社藤井一乃さんには『童子』から数えて六冊の詩集の面倒を見て戴いた。お世話になったお二方へ記して御礼申し上げる。

池井昌樹

二〇一八年春

池井昌樹

一九五三年香川県生れ。

詩集

『理科系の路地まで』　一九七七
『鮫肌鐵道』　一九七八
『これは、きたない』　一九七九
『旧約』　一九八一
『沢海』　一九八三
『ぼたいのいる家』　一九八六
『この生は、気味わるいなあ』　一九九〇
『水源行』　一九九三
『黒いサンタクロース』　一九九五

『晴夜』　一九九七
『月下の一群』　一九九九
『現代詩文庫164　池井昌樹詩集』　二〇〇一
『一輪』　二〇〇三
『童子』　二〇〇六
『眠れる旅人』　二〇〇八
『母家』　二〇一〇
『明星』　二〇一二
『手から、手へ』（植田正治・写真、山本純司・企画）　二〇一二
『冠雪富士』　二〇一四
『池井昌樹詩集』（ハルキ文庫）　二〇一六

未知《みち》

著者
池井昌樹《いけいまさき》
発行者
小田久郎
発行所
株式会社思潮社
〒一六二―〇八四二 東京都新宿区市谷砂土原町三―十五
電話〇三（三二六七）八一五三（営業）・八一四一（編集）
印刷所
創栄図書印刷株式会社
製本所
小高製本工業株式会社
発行日
二〇一八年三月二十日